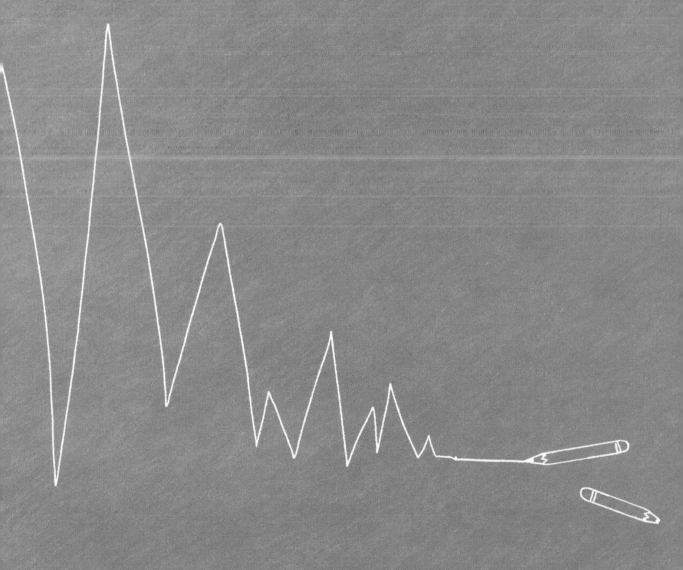

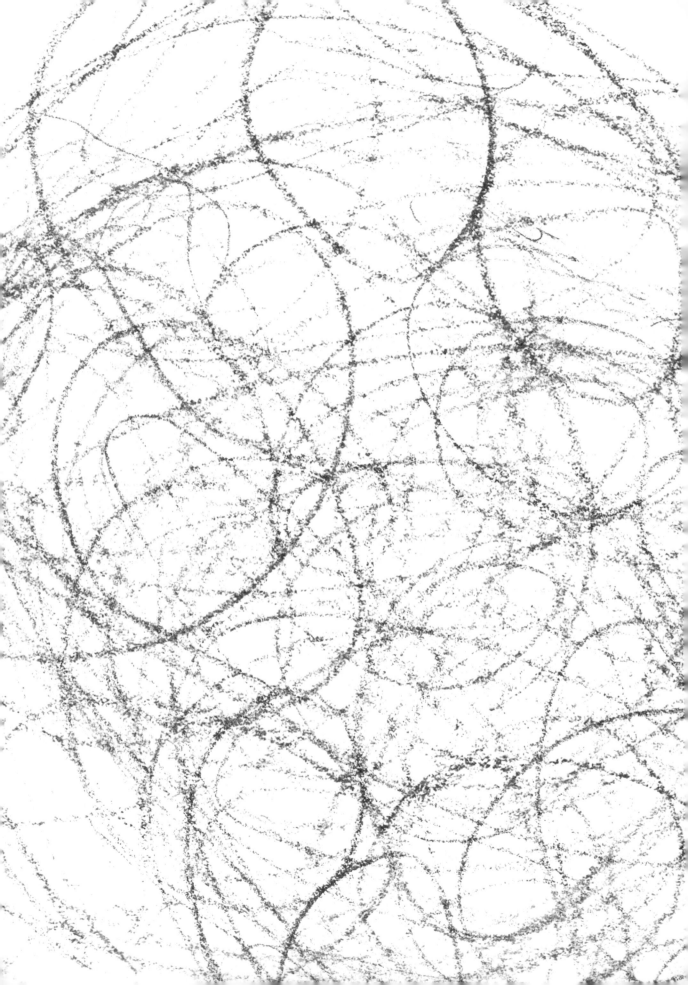

賽米希的煩惱

文圖　陳又凌

賽ㄙㄞˋ米ㄇㄧˇ希ㄒㄧ最ㄗㄨㄟˋ近ㄐㄧㄣˋ怎ㄗㄣˇ麼ㄇㄜ˙畫ㄏㄨㄚˋ都ㄉㄡ畫ㄏㄨㄚˋ不ㄅㄨˋ好ㄏㄠˇ，

怎麼畫都畫不出她想要的樣子， 這讓她很煩惱。

她決定出去走走，
尋找解決煩惱的方法。

走ㄗㄡˇ著ㄓㄜ˙走ㄗㄡˇ著ㄓㄜ˙， 賽ㄙㄞˋ米ㄇㄧˇ希ㄒㄧ遇ㄩˋ見ㄐㄧㄢˋ一ㄧ匹ㄆㄧˇ馬ㄇㄚˇ。
她ㄊㄚ問ㄨㄣˋ馬ㄇㄚˇ：「你ㄋㄧˇ有ㄧㄡˇ煩ㄈㄢˊ惱ㄋㄠˇ嗎ㄇㄚ˙？ 我ㄨㄛˇ現ㄒㄧㄢˋ在ㄗㄞˋ好ㄏㄠˇ煩ㄈㄢˊ惱ㄋㄠˇ。」

「煩惱是什麼?」馬問。
「煩惱是心裡壓了一百顆石頭,讓你喘不過氣來。」

馬說：「那我會一直跑、一直跑，
把『煩惱』甩掉。」

接著， 賽米希遇到獅子。
她問獅子：「獅子先生， 請問你有煩惱嗎？
我現在好煩惱。」

「煩惱是什麼？」獅子問。

賽米希回答：「煩惱就是想到會有一點生氣的事。」

獅子說：「如果我生氣，
我就會大聲吼叫，
把『煩惱』
都吼掉。」

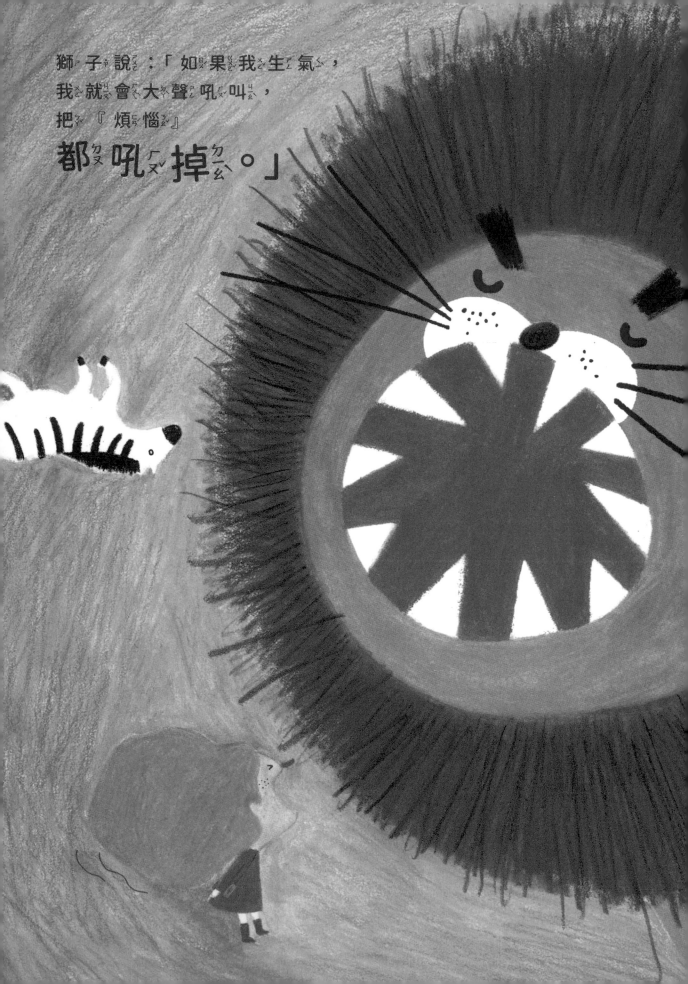

賽米希覺得，
吼叫解決不了
她的煩惱，
於是她繼續往前走。

走ㄗㄡˇ著ㄓㄜˋ走ㄗㄡˇ著ㄓㄜˋ，
賽ㄙㄞˋ米ㄇㄧˇ希ㄒㄧ遇ㄩˋ到ㄉㄠˋ一一窩ㄨㄛ兔ㄊㄨˋ子ㄗˇ。
賽ㄙㄞˋ米ㄇㄧˇ希ㄒㄧ問ㄨㄣˋ牠ㄊㄚ們ㄇㄣˊ：「 哈ㄏㄚ── 囉ㄌㄛˊ！ 請ㄑㄧㄥˇ問ㄨㄣˋ你ㄋㄧˇ們ㄇㄣˊ有ㄧㄡˇ
煩ㄈㄢˊ惱ㄋㄠˇ嗎ㄇㄚ？ 我ㄨㄛˇ現ㄒㄧㄢˋ在ㄗㄞˋ好ㄏㄠˇ煩ㄈㄢˊ惱ㄋㄠˇ啊ㄚ。 」
「 煩ㄈㄢˊ惱ㄋㄠˇ是ㄕˋ什ㄕㄣˊ麼ㄇㄜ？」 兔ㄊㄨˋ子ㄗˇ問ㄨㄣˋ。
賽ㄙㄞˋ米ㄇㄧˇ希ㄒㄧ說ㄕㄨㄛ：「 就ㄐㄧㄡˋ是ㄕˋ想ㄒㄧㄤˇ到ㄉㄠˋ會ㄏㄨㄟˋ有ㄧㄡˇ點ㄉㄧㄢˇ傷ㄕㄤ心ㄒㄧㄣ的ㄉㄜ事ㄕˋ。」

兔子說：「如果我們很傷心，就會互相跟對方說話，把『煩惱』說出來。」
「如果大家都聽不懂你的煩惱怎麼辦？」賽米希想。

她繼續往前走。

天黑了，賽米希坐在
樹上休息，樹枝上停
了一隻貓頭鷹。
賽米希問貓頭鷹：
「貓頭鷹女士，你有煩惱嗎？
我現在好煩惱。」

「煩惱是什麼？」貓頭鷹問。

賽米希說：「那是會讓你一直想、一直想，
想到半夜都睡不著的事。」
貓頭鷹回答：「可是我晚上本來就睡不著啊。」

走了一整天，
賽米希都找不到解決煩惱的方法，
她無助的趴在湖邊， 決定回家。

忽然間， 一隻魚探出水面：「嗨， 你好嗎？」
「我不好， 我有煩惱。」 賽米希說。
魚說：「喔， 天啊！ 那一定很不好受。」

但是你可以改變面對煩惱的心情喔！」

魚說：「有些煩惱你沒辦法解決，

賽米希驚訝的說：「你知道什麼是煩惱？」
魚說：「我知道啊， 就像我永遠游得比其他魚慢， 又老是記不住別人跟我說過的話，這些都讓我很煩惱。」

賽米希睜大眼睛問：
「那你怎麼解決你的煩惱呢？」

回ㄏㄨㄟˊ到ㄉㄠˋ家ㄐㄧㄚ後ㄏㄡˋ，
賽ㄙㄞˋ米ㄇㄧˇ希ㄒㄧ把ㄅㄚˇ畫ㄏㄨㄚˋ筆ㄅㄧˇ和ㄏㄜˊ畫ㄏㄨㄚˋ紙ㄓˇ收ㄕㄡ起ㄑㄧˇ來ㄌㄞˊ。

她ㄊㄚ拿ㄋㄚˊ出ㄔㄨ新ㄒㄧㄣ的ㄉㄜ˙工ㄍㄨㄥ具ㄐㄩˋ，
走ㄗㄡˇ到ㄉㄠˋ屋ㄨ外ㄨㄞˋ。

現在，她想先享受畫畫的感覺，
而不是煩惱到底是畫對了，
還是畫錯了。

國家圖書館出版品預行編目資料

賽米希的煩惱／陳又凌 文. 圖.--第一版. -- 臺北市：
親子天下股份有限公司，2024.03
44 面；19 x 26 公分
國語注音
ISBN 978-626-305-682-4（精裝）
(SEL繪本.自我覺察篇)

863.599   113000251

繪本 0355

SEL 繪本 〈自我覺察篇〉

賽米希的煩惱

文圖｜陳又凌

責任編輯｜謝宗穎　美術設計｜蕭華　行銷企劃｜高嘉吟、張家綺

天下雜誌群創辦人｜殷允芃　董事長兼執行長｜何琦瑜
媒體暨產品事業群
總經理｜游玉雪　副總經理｜林彥傑　總編輯｜林欣靜　行銷總監｜林育菁
副總監｜蔡忠琦　版權主任｜何晨瑋、黃微真

出版者｜親子天下股份有限公司　地址｜台北市 104 建國北路一段 96 號 4 樓
電話｜（02）2509-2800　傳真｜（02）2509-2462　網址｜ www.parenting.com.tw
讀者服務專線｜（02）2662-0332　週一～週五：09:00~17:30
傳真｜（02）2662-6048　客服信箱｜ parenting@cw.com.tw
法律顧問｜台英國際商務法律事務所 · 羅明通律師
製版印刷｜中原造像股份有限公司
總經銷｜大和圖書有限公司　電話：（02）8990-2588

出版日期｜ 2023 年 3 月第一版第一次印行
定價｜ 380 元　書號｜ BKKP0355P　ISBN｜ 978-626-305-682-4（精裝）

訂購服務 ────────────
親子天下 Shopping｜ shopping.parenting.com.tw
海外 · 大量訂購｜ parenting@cw.com.tw
書香花園｜台北市建國北路二段 6 巷 11 號　電話（02）2506-1635
劃撥帳號｜ 50331356　親子天下股份有限公司

立即購買 >